PETIT OURS BRUN
aime le dimanche

Texte de Marie Aubinais
Illustrations de Danièle Bour

Cinquième édition
BAYARD JEUNESSE

Le dimanche,
chez Petit Ours Brun
on a plein de temps
pour être bien.

Le dimanche,
chez Petit Ours Brun
il y a des croissants
et des petits pains.

Le dimanche matin,
Papa Ours dit :
– Nous les hommes,
on va faire un dessin.

Et l'après-midi,
Maman Ours dit :
– Allez, hop !
On va se promener
au bois.

Puis, de temps en temps,
Petit Ours Brun
et ses parents regardent
la télé tous les trois.

Le dimanche soir,
chez Petit Ours Brun
on mange un peu
n'importe quoi.

Le dimanche soir,
chez Petit Ours Brun
personne n'a envie
d'être à demain.

Petit Ours Brun est un héros des magazines
Popi et *Pomme d'Api.*

Les illustrations ont été réalisées par Danièle Bour.

Le texte de cet album a été écrit par Marie Aubinais.

ISBN 2 227 725 41-9
Dépôt légal mai 1998 – n° d'éditeur 6288
Loi 49-956 du 16 juillet 1949 sur les publications
destinées à la jeunesse

Imprimé en France par Oberthur Graphique
Décembre 2000